청담동 시인의 외눈박이 사랑

청담동 시인의 외눈박이 사랑
김병중 시집

초판 1쇄 | 2010년 05월 20일
초판 2쇄 | 2010년 07월 20일

지은이 | 김병중
펴낸이 | 신현운
펴는곳 | 연인M&B
디자인 | 이희정
기 획 | 여인화
등 록 | 2000년 3월 7일 제2-3037호
주 소 | 143-874 서울특별시 광진구 자양동 680-25호(2층)
전 화 | (02)455-3987   팩스 | (02)3437-5975
홈주소 | www.yeoninmb.co.kr
이메일 | yeonin7@hanmail.net

값 8,000원

ⓒ 김병중 2010 Printed in Korea

ISBN 978-89-6253-058-2 03810

이 책은 연인M&B가 저작권자와의 계약에 따라 발행한 것이므로 본사의 허락 없이는
어떠한 형태나 수단으로도 이 책의 내용을 이용하지 못합니다.
잘못된 책은 바꾸어 드립니다.

청담동 시인의
외눈박이 사랑

연인푸른시선
09

김병중 시집

연인M&B

| 자서 |

　사람은 두 개의 눈을 가졌다. 하지만 두 눈이 동시에 각기 다른 대상을 볼 수 없는 외눈박이 동물이다. 외눈박이면서 애꾸눈을 향해 손가락질하기도 하고 기형이면서 정상인의 흉내를 잘도 내며 살아가고 있다.

　그러나 사람이 만물의 영장이 될 수 있는 것은 한 사람을 사랑하고 그 사랑을 위해 목숨을 거는 특별한 마음의 눈을 가졌기 때문이다. 그러기에 한 곳밖에 바라보지 못하는 사람들의 눈은 티없는 사랑을 위하여 깨끗한 눈물을 요구한다.

　시는 진실을 말하는 문학이다. 하여 시인은 진실한 사랑을 추구하는 외눈박이 장애자가 아닌가. 이천십년 오월, 봄꽃이 더디게 피어나고 바람이 헤프게 불어와도 외눈박이 시인의 사랑은 어김없이 진실의 꽃을 피우고 영혼의 열매를 맺는다. 부족한 졸시들을 모아 이 세상에 내놓고 나의 외눈박이 병이 점점 더 깊어지기를 바랄 뿐이다.

이천십년 오월
청담둥지에서 김병중 드림

제1부

오카리나는 부리가 없다

그리움

흐르는 물은 여울을 만들지만
그 여울 속에는 밝은 거울이 있고
고인 물은 거울을 만들지만
그 거울 속에는 무수한 파편이 있네
흐르다가 고이고
고였다가 다시 흐르는 물이여
천의 얼굴이었다가
하나의 얼굴로 다가오는
천의 사람이었다가
나 하나의 눈거울로 마주하는 사람이여
때로는 해 뜨는 산으로
가끔은 달 뜨는 섬으로 만나도
우리는 물처럼
서로 밝은 거울을 만드는
무수한 그리움의 파편이라
파편으로 하나 되어
다시 밝고 큰 거울을 만드는 일
그것이 참 사랑이라

꽃이 서 있는가

꽃이 서 있는가
앉아 있는가
어찌 보면 키다리
어찌 보면 앉은뱅이

발돋움하며 키다리로 서서
나비를 기다리고
퍼질러 앉은뱅이로 앉아
바람과 맞선다는 걸
꽃이 필 때야 비로소 안다

누가 제비꽃과 채송화를
앉은뱅이 꽃이라 부르는가

꽃이 피는 날
어찌 보면 키다리
어찌 보면 앉은뱅이로 보는
비뚤어진 마음의 눈이
꽃을 더 꽃답게 만든다

등대

등대는
바다를 지키는 것이 아니라
갈매기를 지키고
갈매기는
둥지를 지키는 것이 아니라
사람을 지킨다
바람이 만든 파도 무늬의 세월
그 내음은 비리지만
등대에 쌓인 빛의 비늘은
아무리 긁어도 긁히지 않는
강한 철갑이다
매일 어둠 벽에 기대서서
바다에 돋는 별의 씨앗을 키우면서
때로는 한 길 넘는 하얀 꽃들의
만개에 눈을 부비고
한번도 눈 감지 못하는 그리움에
오늘도 외롭게 서 있지만
등대는
이별을 지키는 것이 아니라
만남을 지키고
만남은
두 개의 섬을 만드는 것이 아니라
하나의 배를 만든다

오카리나는 부리가 없다

오카리나는 부리가 없다
부리 대신
가슴에 난 구멍으로
따뜻한 바람을 먹고 산다
바람 마시면
푸른 날개 돋을지도 몰라
바람 내불면
고운 노래가 될지도 몰라
언제나 고른 숨 내쉬며
푸른 비상을 꿈꾸는데
부리가 없는 자는
눈이 밝아 그물에 걸리지 않고
오카리나는 목청이 고와
독수리 발톱도 무섭지 않다
날카로운 부리 대신
가슴에 난 구멍의 바람으로
유리 호수에 물무늬 음표를 그리는
오늘도 불구의 새가 노래한다

감자

어둠 속을 더듬어 살다 보니
귀와 코가 없구나
온몸에는 울퉁불퉁한
문둥병 종양
쪼개고 잘게 쪼개도
그놈의 징한 뿌리는 남아
새 봄마다 자줏빛 멍울 번지는
어둠의 자식들
깎고 또 깎아도
곰보 상채기는 여전히 남아
눈과 입도 어슷비슷하구나
가끔은 소록도 등대를 꿈꾸며
때로는 대관령 풍차를 그리며
해도 비껴가는 따비밭에서
홀로 흙의 몸을 키우는 노예들

버섯

산의 머리와
가슴이 있다는 건 알았지만
귀가 있다는 건
몰랐다
알록달록하고 빨간 귀
우툴두툴하고 검은 귀
매끄럽고 달걀 같은 하얀 귀가
전신에 달려 있어
산은 그 귀로
이슬의 숨소리와
새들의 눈 깜빡이는 소리
햇빛 오줌발에 갈색 머리카락
자라는 소릴 듣는다
머리와 가슴보다
더 뜨거운 산의 귓바퀴에
신비의 불노초가 자란다

마음 찾기

어둔 숲속에 가서
숨은 그림을 찾는다
나비와 새와 노루를
찾지만
어디 숨었는지
아무것도 보이지 않는다

나도 숨은 그림일까
누군가 나를 찾고 있다면
이 숲에선 푸른 울음을 울어야지

꼭꼭 숨은 그림 찾은 뒤
그 담엔 그대
캄캄한 숨은 마음 찾기

그리고 마음까지 찾으면
숲속엔 마르지 않는
하늘빛 호수가 생기고
저마다 우리는
비밀의 해 하나 가진
뜨거운 눈동자가 된다

돌담

돌로 담을 쌓는 건
바람의 꼬리를 만들기 위함이다

길이 보이고
언덕이 보이고
하늘이 보이는 틈으로
살랑거리는 바람의 꼬리

꼬리에 꼬리를 무는 담은
벽이 아니라
길이고
벼랑이 아니라
집이다

대문 만들기가 아닌
가까이 하나의 문패를 다는 일
경계가 아닌
든든한 사랑의 울이기에
돌로 담을 쌓은 건
희망의 시간을 만드는 일이다

더불어 숲

아마존의 숲은 森
서울 숲은 林
내 기억의 숲은 木

기억의 나무 잔가지들이 잘려 ＋
십자가 두 팔이 부러져 ｜
아, 끝내 한 사람마저
바람에 스러지는 절망의 사막 ―

그날이 오기 전에
森이 사람을 키우고
사람이 森을 지키며
더불어 숲
그 푸른 소리의 파자(破字)들

고비사막

바람에게 길을 물으면
길이 숨는다
부표도 없는 붉은 모래바다엔
파도도 없고
해는 매일 사막에서 익사하고
낙타는 어둠 이불 덮고 주검을 지킨다
구름 발자국도
사람 그림자도 보이지 않는 밤
다시 바람에게 길을 물으면
하늘로 난 은하수 길을 가리킨다
길이 숨는다
길이 어둠에 숨어도
바람이 만든 길을 따라가면
낙타의 무덤이 별이 되어
한밤 내 사막 위를 눈부시게 걷는다

장갑 사랑

장갑은 둘이 한 짝이지만
낄 때는
하나씩 끼고
벗을 때도
하나씩 벗는다

항상 유지되는
일정한 시차
그리하여 장갑은 둘이 함께지만
언제나 혼자 행동한다

하나는 서로를 묶지 않고
하나는 하나가 되고
하나는 자유롭게 다가가
편하게 돌아선다

동시에 끼고
동시에 벗을 수 없는
한없이 추운 겨울 한복판에서
서로 이별을 꿈꾸지 마라
잃고 나면 더 아쉬움이 커지는
장갑 사랑을

사랑은 둘이 하나기에
낄 때도 하나
벗을 때도 하나인
사철 따뜻한 그런 장갑을 보았는가

집

개미는
땅속에 집을 짓고
까치는
나무 위에 집을 짓네

개미는
좁은 길과 작은 방을 만들고
까치는
바람 숭숭한 단층집을 짓네

하오나 사람들은
벼락과 지진에도 견디는
실한 욕심의 기둥을 쿵쿵 박고
더 높이 더 크게 집을 짓네

집이 없는 자여!
오늘도 빈 마음의 집에
개미와 까치의 집을 짓고 있는가?
하늘에는 구름의 집을 짓고
바다에는 섬의 집을 세우며
바람의 힘으로 걷는 시인이여!
육신의 집보다
영혼의 집을 가진 자가 더 부자라

사람은 욕심의 집 지으며
병이 들고
시인은 마음의 집을 지어
살아 있는 작은 神이 된다 하네

하루살이

아침에 태어나
점심에 사랑하고
저녁에 죽는
작은 목숨 하나

그는 생명인가
사랑인가
아님 죽음인가

짧게 하루만 살다가는
풀잎 눈물
또는
백년을 하루로 살다가는
뜨거운 촛불

오늘도
태어나고 사랑하며 죽는
거룩한 하루살이 힘으로
거대한 지구가 돈다

계란

체온도
피 한 방울도 없지만
아직은 살아 있는 목숨

굴러도
조금 구르다 멈춰 서는
소리 없는 외바퀴

흡혈을 원하지만
날카로운 이빨이 없어
멍들고 상처받은 먹이만 찾는
눈먼 하이에나

온몸으로 검은 피멍울 빨며
팔다리 없이도
사랑하는 법을 아는
따뜻한 목숨

지은 죄 없어도
뜨거운 열판 위에
형벌처럼 말없이 누워
흰 무리진 둥근 달로 노랗게 부활하는
이름 없는 순교자

제2부

나비가 쓰는 시

제비꽃

반지꽃
병아리꽃
씨름꽃
오랑캐꽃
그리고 앉은뱅이꽃

이 꽃들은
모두 제비꽃
딴 이름

작은 반지가
자줏빛 병아리도 되고
씨름 장사가
말 탄 오랑캐도 되어
끝끝내 제자리 굳게 지키는
앉은뱅이 전차

애비꽃
바보꽃
머슴꽃
시인꽃
그리고 꽃 없는 꽃

이 꽃들은
모두 사람꽃
딴 이름

언제 참꽃이 될 수 있을까
앉아도 꽃
서도 꽃이 되는
봄에도 꽃
가을에도 꽃이 피는
그런 사람 제비꽃

옥수수

가죽 몇 겹으로
아무리 숨기고 숨겨도
긴 수염과
촘촘한 이빨은
해가 쌓은
견고한 벽돌담
금이 가지 않은
뜨겁고 단단한 침묵

어금니 악물고
참고 참다
끝내 터지고 마는
할아버지 고른 웃음
가마솥 여름
꾹 참으면
잘 익은 젊은 사내 웃음

천지연폭포

청각이 마비되고
후각도 마비되고

기어이 하늘이 폭발하여
땅으로 시원하게 분출하는
키 큰 활화산

눈동자만 남아
하늘의 흰 등뼈 바라보며
아! 하고 소리져노
한 번 뒤돌아보지 않는
푸른 초심

끝내 물길만 남고
사람 길은 없어
구불구불 바다로 가는 길을 따라
무지개를 그리는
천년 묵은 화사(花蛇) 한 마리

진달래 필 때

봄의 붓에는
연노랑 물감과
풋초록 물감이 묻어 있다

그 붓으로 자꾸 개칠하여
산이 커지고
강물이 불어난다

가끔씩 그 붓을
햇볕에 말렸다가
봄비 오는 날
산 가슴에 붓질을 하면

산이 더는 못 참고 몸을 틀며
온몸에 울긋불긋 열꽃 피어
봄은
늘 사랑으로 아프다

나비가 쓰는 시

나비의 눈으로 보면
살아 있는 것들은 다 꽃이 된다

나비의 더듬이로 더듬으면
닿는 것들은 모두 꽃가루가 된다

나비의 나래로 저으면
온누리는 온통 불붙는 꽃바다가 된다

나비가 살아 있는 것들을 보듯
내가 나비를 보면
꽃이 되는데
나비가 나를 보면
아, 나는 꽃을 훔치는 흉한 벌레

하얀 나비가
나를 떠나고 있다

나비의 눈에
내가 꽃으로 보이는 그날
나비 더듬이로 내 가슴에 쓴
꽃가루 시 한 편
제목을 무어라 부칠까

사랑이란

사랑은 가슴 찌르는 아픈 침이지만
때로는 찢긴 맘을 깁는 바느질
그대는 찔리고 깁는 그 사랑을 아는가
찔리지 않으면
기울 수 없다는 말 하나 적어두고
우리 거울 앞에 서자
타오르는 사랑은 흔하지만
불 꺼진 사랑 지키는 일은 귀하기에
고귀한 절망을 안고 우는 아픔이
허허 사막의 선인장으로 서서
끝내 가시 돋고 꽃을 피우는 일은
진정한 참사랑 모습이라
사막의 키 큰 선인장 그림자 뒤에도
어느 기쁜 생명이 살기에
눈앞에 타오르는 사랑만 흠모하지 마라
사랑은 연모의 대상이 아니라
사랑은 아파도 찔려야 하는 바늘
사랑은 서로 가슴에 박는 못이지만
동시에 무너진 기둥을 세우는 못질이라

시인

두 눈으로 눈물을 만들지만
그 눈물로 빛나는 별을 만든다

두 손으로 박수 소리를 만들지만
그 손뼉으로 공명하는 악기를 만든다

두 눈 감고 어둠을 만들지만
그 어둠으로 감미로운 꿈을 만든다

두 손 잡아 벗을 만들지만
그 벗으로 세상의 지팡이를 만든다

흐르는 땀으로 하루 해를 만들지만
그 해로 장밋빛 노을을 만든다

사투리로 구수한 이야기를 만들지만
그 이야기로 따뜻한 고향 언덕을 만든다

시에 곡을 붙여 노래를 만들지만
그 노래로 함께 춤추는 사랑을 만든다

아, 생각으로 언어의 집을 만들지만
그 집에 얼굴 없는 시인의 영혼을 만든다

풍월주인(風月主人)

봄은 보옴
봄의 눈으로 보면
살아 있는 것들은 다 꽃이 된다

여름은 열음
여름 가슴을 열면
푸른 것들은 다 열매가 된다

가을은 갈
가을 바람과 가면
흔들리는 것들은 다 나그네가 된다

겨울은 결
겨울 살결로 부비면
닿는 것들은 다 얼지 않는 사랑이 된다

사시사철
너 한 겹 나 한 겹 체온으로 짠
푸른 세상 침실에는
계절도 잊은 풍월주인이 산다

봄 나비

꽃이 피는 황홀한 정오
저 많은 꽃들 안에서
내가 피고 진다면
나비 병풍 뒤에
홀로 누워 잠들어 있어도 좋으리
나비가 꽃을 찾는 건
이슬에 취한 꽃의 숨소리를 듣는 일
그리고 꽃잎 지듯
두 날개 버리고 나면
비로소 참꽃이 되는 나비야
죽어야 하늘로 가고
하늘로 가야
향기로운 날개가 돋는
꽃 나비 네 생각이 뜨겁다

문수사

고려인의 실눈으로
화안하게 발 아래 굽어보며
하안거 중인 스님
하도 조용하여
염하강 목어 네 마리
문수산 허리까지 거슬러 올라와
예서 헤엄치고 있구나
하도 푸름이 깊어
어둠마저 더 깊어진 골에
마음 심자 그리듯
법고를 치는
문수사의
아침 해

농암골 사람들

궁터 사람들이 궁터를 닦자
동바리 사람들이 동발을 세우고
한우물 사람들이 한우물을 파자
쌍룡 사람들이 두 마리 용을 살게 하는
푸른 골짜기

연잎 같은 연엽산 품에
연꽃 같은 사람들이 모여 앉고
우복산 우복동 아래 북실 찬찬히 감아
쉬임 없는 사랑 바디질로
농암표 행복을 짜는 그곳에는
견훤과 성재산이 지켜주어
말바우도 농바우도 사람처럼 산다

고향

오늘이 없고
어제와 내일만 있는
내가 없고
죽은 자와 태어날 자만 있는
그곳에 가면
이미 나는 내가 아니고
너는 네가 아니다
산 하나에 그림과
강 하나에 노래와
하늘 하나에 깊은 우물 하나 보이고
거기 바람의 숨소리와
솜구름 이불 개는 소리와
교교히 달빛江 흐르는 소리뿐
떠나오다 뒤돌아보면
망부석으로 서 있는 너
빛바랜 세월 무덤 지키며
성재산 높은 봉우리 바라보며
그렁그렁 눈물짓고 있다

고향 시인

하늘이 손바닥만한 그 고을에 가면
무명 시인이 조용히 살고 있단다
토끼꽃 팔찌 낀 딸아이 손을 이끌고
때때로 개울가에서 조약돌 줍고 있더라

삽 한 자루 들고 논으로 나서면
물거울 속에 낯익은 얼굴 하나
가는 실바람에도 잔주름 지지만
따뜻한 논물 속에 구름도 같이 눕더라

시인의 이름은 잘 몰라도
새 이름 꽃 이름 나무 이름을 줄줄 외는
사람들이 사는 그 마을엔
성은 불러도 이름을 부르지 않더라

풍월주인 별호를 가진 사람이
푸나무 단 위에 노을 한 짐 지고
천천히 시오 리 저 벼릿길 지나더니
삽짝도 없는 어둠의 집 처마에 큰 달 하나 걸더라

바다

앞마당이 넓어서 좋고
매일 비질하지 않아서 좋다
때론 출렁이며 움직여서 좋고
가끔은 꽃들이 하얗게 피어서 좋다
꽃들의 향기 겨울에도 살아 있어서 좋고
거름더미 같은 바위섬 하나 멀리 떨어져 있어서 좋다
아침에는 해의 볼에 닿아서 좋고
저녁에는 별의 눈과 속눈썹 닿아서 좋다
신의 자궁처럼 깊은 어둠 있어서 좋고
생의 시간을 헤는 모래알 시계가 있어서 좋다
마당에 가면 발자국 그려주어서 좋고
그곳은 차지하면 아무나 주인이 되어서 좋다
바라보이는 것은 다 희망이 되어서 좋고
부서지는 것은 다 빛이 되어서 좋은
대문도 없는 집 푸른 마당엔
나 혼자 가지고 싶은 것 하나 없어서 좋더라

제3부

외눈박이 사랑

외눈박이 사랑

봄 바다에는
도다리가 주인이다

새[鳥] 도다리도
콩잎 도다리도 아닌
깻잎 도다리가 펄떡이는 바다는
벌써 여름의 푸른 깨밭이다

나무젓가락 모아들고
술잔을 저으면
초장 같은 해가 떠오르고
소줏빛 파도가 밀려와
무거운 몸의 배가 출렁인다

봄바람에 서로 눈맞아
같은 곳을 바라보다
저래 오른쪽으로 쏠려버린 두 눈의
외눈박이 사랑을 아는가

한쪽으로 기울어져야
지극한 사랑이 되는 봄 바다에는
내 몸도 우로 기우는
그 도다리 사랑이 그립다

낙타는 홀로 울지 않는다

붉은 사막 한가운데
낙타 한 마리 등짐을 푼다
길도 없고
천지가 보이지 않아도
낙타는 홀로 울지 않는다
딱딱한 발굽으로
뜨거운 모래길을 지나고
달콤한 젖으로
목마른 자 갈증을 채우며
사슴보다 신한 눈으로
시린 별을 담는다
추운 밤이면 고소한 똥으로
모닥불 피워 빵을 굽는
허기진 소년은
바다 누비는 해군이 되는 것
한 번도 본 적 없는 바다를 그리는
소년의 오아시스가
낙타 눈망울 속에서 빛나고
죽어서도 털과 고기
아낌없이 바치는 그날까지
낙타는 홀로 울지 않고
소년 눈 속에서 큰 바다로 운다

맷돌

돌지 않는 맷돌은
침묵하는 두 개의 돌이지만
돌끼리 서로 배맞으면
하늘이 돌고 땅도 돌아
드디어 별들이 우수수 부서진다
부수어야 사랑이 되고
부서진 것들이 더 아름다운
돌 두 개의 눈물은 숭고하다

팔분음표

술독을 푼다는 콩나물 대가리와
이글 잡는다는 우드를
팔분음표와 혼돈하지 마라
그것은 먹는 것도
치는 것도 아닌
사람을 쏙 빼닮은
검은 머리 제비들의 행진
영혼의 박씨를 물어다 주는
은혜의 춤꾼들

한로

한로 날
더 차가와지는 이슬 바라보니
생각도 점점 차가와져
컴컴한 마음 아궁이에다
불을 지펴야 할 때
한 잎 두 잎 젖은 기억을 쓸어모아
고요한 가슴에 군불 지피는
차갑게 서러운 날

풋사랑

태어나 딱 한 번 뜬눈
다신 감지 않았는데
한 치 앞이 보이지 않는
캄캄한 배꼽눈
그 애꾸눈으로 마음을 볼 수 없다면
서로 사랑하지 마라
눈먼 사람끼리 배꼽을 부비면
살도 정신도 모두 아프다

입방귀

어버이가 그리운 날
고향을 향해 서면
입과 손은
이내 따뜻한 악기가 된다
아바바 마마
어머머 마마
몇 번을 입방귀 불다 보면
몸의 활이
마음의 현을 울려
눈시울엔 안개비가 오는데
저 하늘로 초생달 배를 탄
별 두 개 내게로 오고 있다

봄 나비의 춤

탐스런 꽃을 찾아
아지랑이 물결 위를 나는 봄 나비야
거미가 처놓은 그물에 걸리지 마라
꽃은 밝은 눈으로 찾는 게 아닌
푸른 기억의 더듬이로 찾는 것이라
시든 꽃나무엔 거미줄이 없고
꽃이 향기로워야
나비가 더 화려하게 춤을 춘다

옥수수를 먹으며

이에는 이로
잇몸에는 잇몸으로 싸우지 마라
이가 이를 뽑고
잇몸이 잇몸을 물지만
싸움 뒤에 남는 건
이 빠진 할아버지의
구멍난 숭숭한 가을뿐

키스

따뜻한
달콤한
부드러운
아무리 뽑아도 뽑힐 듯
뽑히지 않는
혀는 혀로 씻지 못하고
눈은 눈을 보지 못하지만
마음은 마음으로 닿는
사랑의 더듬이
더듬다 보면 말문 막히고
벙어리 뻐꾸기처럼
속으로 부르는
뜨거운 몸의 노래

꺽지

오월의 강에 사는
꺽지의 눈은 네 개다
아가미 뚜껑에 박힌
청록의 눈 두 개
인도 여인 이마에 붙인 빈디 같은
보이지 않는 세상을 보는
신비한 그 눈에는
물 밖 사람들은 모두 악마다
오월의 강에 나가
눈과 눈 사이에
영혼의 푸른 눈 하나 더 붙이고
물속 바위 밑에
혼자 조용히 사는 법을
물고기에게 배우고 싶다

無字

외딴
초가집 한 채

집 안엔
아무도 없고

마당엔
풀만 무성해

문패도
주인도 없는

우리 모두의 소유인
無자 집 한 채

그 집에 가면
단 한 줌 재도 없다

황사

먼지 우물 마시고
먼지 눈물 흘리다 보니
살갗은 황색
아무리 씻고 씻어도
흑색도 백색도 아닌
황토 얼굴
바람찬 고비사막의 봄에
단일민족 피를 가진
황인종이 산다

오징어

뼈 없는 놈이라고
오징어 업신여기지 마라
물속에서
제트엔진으로 로켓 추진하며
먹물 연막탄 힘차게 쏘아대는
오, 작아도
징한 힘을 가진
어린 물장군이다

장구 치기

옆구리가
편평하고 팽팽하다

가느란 회초리 두 개로
눈 깜빡이듯
복판과 변죽 번갈아
두드리는 부드러운 춤사위에
금세 말이 달리고
말발굽 소리 들린다

다 비우고도
단단히 줄에 묶여
가죽만 남은
허리 잘록한 열녀의 외침

더 비울수록
더 살아서 뛰는 말이 되는
빈 몸
온 마음의 노랫가락

징소리

주먹 채로
무쇠 가슴
쿵 하고 한 번 치면
오월의 황소 한 마리 운다
크게
그리고 점점 여리고 길게
소는 들판으로 희미하게 사라지고
몽둥이 주먹으로
늘 맞고 사는
둥근 몸뚱이 하나
아파도 눈물 없이 침묵이다

배꼽

어디 눈 하나뿐인 목숨이 있으랴
하늘을 나는 하루살이도
시내를 헤엄치는 송사리도
모두 눈이 두 개인데
몸 중심에 박힌
동자도 눈물도 없이 앞만 바라보는
말뚝 눈 하나

속눈썹 없이
맨눈 부릅뜨고 제 몸 지키다
서로 눈 맞아
어둠 속에 눈 부비는
태초에 슬픔이 퇴화된
꽂눈 자국 하나
생명의 뿌리 마르지 않는
몸의 사막 한가운데 숨은
따뜻한 오목샘 하나

소요산

소요산 요소요소에
풀들이 소요소요 산다

기쁨끼리 소요하면
푸른 장송(長松)이 되고
슬픔끼리 소요하면
폭포 없는 절벽이 된다

시원한 산바람 속에
매월당 글 읽는 소리 들리고
춤추는 나뭇가지 사이로
딱따구리의 작은 북 장단

해와 달이 함께 소요하고
별과 무지개가 같이 소요하는
그 산에 가면
사람과 짐승은 같은 길을 소요한다

소요산 요소요소는
부처님 옷고름으로 이어져 있다

성산포 4

사랑은 넓어서 하늘이 되라 하고
그리움은 깊어서 바다가 되라 하네
내 그대와 하나의 수평선을 그으면
그대는 구름배가 되어 그리움을 지운다
그래거라
둘이 하나 되어 더 서러운 만남이여
사랑은 불꽃이 있어 태양이 되게 하고
그리움은 색깔이 있어 저녁노을로 타는데
난 외로움으로 작은 별 하나 되면
누가 나를 별 하나로 바라보고 있을까
별을 떠나야 별을 보듯
사랑을 떠나야 사랑을 보는
오늘도 홀로 떠도는 작은 섬이 된다

선운사 동백꽃

바람난 봄처녀
부채춤 추는 푸른 무대 위에 핀
붉은 치마꽃

키 큰 칼바람 기립 박수에
뜨거운 입술로 다시 화답하는
정열의 노래꽃

백설이 맨살로 유혹해도
하늘 뒤집어쓰고 온몸 던지는
심청이 자살꽃

추락해도 죽지 않고
붉은 얼굴로 환하게 미소 짓는
다시 부활꽃

삼단 머리채 흔드는 꽃시샘에도
동박새와의 사랑 순결로 지키는
봄봄 순애꽃

꽃은 죽어져도 향기는 살아 있어
선운사 비구니 어둔 방에 홀로 꺼지는
동동 등잔불

사랑을 위하여

꽃이 되기보다
꽃을 피우는 바람이 되고

열매가 되기보다
열매를 감싸는 잎이 되고

새가 되기보다
새가 깃드는 숲이 되고

폭포가 되기보다
폭포를 잠재우는 소(沼)가 되고

악어가 되기보다
악어의 입을 가볍게 하는 악어새가 되고

기차가 되기보다
기차가 달리는 철로가 되고

섬이 되기보다
섬을 안는 바다가 되고

별이 되기보다
별을 담는 호수가 되고

사랑을 말하기보다
사랑을 노래하는 시가 되고

아, 주검이 되기보다
죽고 죽어도 살아남는 천국의 십자가가 되고

헤엄치기

헤엄친다고 자랑하지 마라
배우지 않고도
소는 소헤엄
개는 개헤엄으로 큰 강을 건너는데
배영 접영 자유영을 배워도
너는 강을 건너지 못하는구나
평생 배우고도
소, 개보다 못한 사람이 많은
참 이상한 세상의
헤엄치기

길

사노라면
때로는 길이 보이지 않는다
길이 없을 땐
바람의 길을 따라가면
거기 바다가 있다
바다는 다 길이다
가면 큰 길이 되고
서면 작은 섬이 된다
고둥의 길도
갈매기와 배의 길도
다 사람의 길이 되고
해의 길도
달과 별의 길도
다 바다 위에 빛나는 길이 된다
가노라면
때로는 사람이 보이지 않는다
사람이 보이지 않을 때
바람의 길을 따라가면
거기 희망을 만드는 얼굴이 있다

나무와 사람

길가에 서서
링거를 꽂고 있는 저 나무는
뿌리와 가지가 싸우는 중이다

지금 뿌리와 뿌리
가지와 가지
잎과 열매끼리 싸우는 중이다

싸우다 보면
가지가 퍼지고
열매와 잎이 떨어지고
뿌리는 충치로 썩고 마는
나무의 사춘기

링거를 맞고
몸을 추스리고 다시 일어서
비에 몸을 씻고
바람에 춤추는 법을 안다

달콤한 열매와
고운 잎 피우며
천천히 어른 나무가 되듯
나무와 사람은
서로 닮은 이웃사촌이다

향기는 향기를 닮지 않는다

향기는 향기를 닮지 않는다
향기가 꽃 속에 살면
꽃잎이 되고
향기가 사람 속에 살면
신비로운 속살이 된다
난초와 허브향은
저만의 향기를 갖지만
향기가 향기를 흉내내면
악취가 된다
살아 있는 목숨이여!
사람도 꽃이 되어 향기를 피우고
장님의 사랑에도 그윽한 향기가 있다
떨어진 나뭇잎 같은 가벼운 삶에
연연한 속옷향이 나는 것은
저마다 생의 분량만큼
열심히 맑은 향기 마시고 산다는 것
흔들릴수록 몸 향기가 진하고
그리울수록 마음 향기가 전해 오는 우리는
감사한 삶의 복주머니
거기에다 홀로 향기를 담아야
그윽한 향기가 된다

인연의 옷을 입고

그대여, 우리는 낯선 길손
인연의 옷을 입고
걸망 하나 등에 지고 가다
서로 옷깃이 스쳤지요

칼날 같은 옷깃은
이내 부드러운 손길 되어
잠시 옷고름과 봇짐을 풀었지요

봄바람 같은 대화에
연분홍 꽃들은 화창화창 피어나고
햇살 녹은 눈빛에
마음은 노랗게 익었지요

봇짐 속엔
몸 하나 가릴 옷가지 몇 점인데
등에 지기만 하면
자꾸 무거워지는 발길

그래도 행복은 기다리는 것이 아니라
찾아가는 것이라
마주 이별의 손 흔들며
우린 다시 먼 길을 떠났지요

보이지 않는 것이 꿈이 되고
생각되는 것이 길이 되는 시간에
소리 없는 것이 노래가 되고
색깔 없는 것이 꽃이 되어 향기로운

시방 우리는 어디쯤일까
길의 끝쯤에 서 있는 얼치기 시인 한 사람
메마른 붓 한 자루 들고 서서
촛불 흔들리는 어둠 속에 빛을 그리는 것도
다 인연이라

그대여, 우리는 이제 낯익은 동무
걸망 하나 등에 지고 가노라니
서로 같은 인연의 옷을 입고
서로 옷고름 마주 잡고
같은 길을 가고 있네요

흔들리는 꿈

고양이가 소리없이 돌아오는 저녁엔
달이 서씨 눈썹을 닮는다
바람은 비질 소리
어둠 속에선 깊은 동굴 냄새가 나고
그럴수록 눈알이 더 빛나는
검은 짐승 한 마리
떨어져도 비명 들리지 않는 몸이
고무공처럼 튀어
한 길 어둠 벽을 넘는다
별은 쥐 눈처럼 작아지고
호롱불은 부엉이 울음에도 흔들려
이 밤에 뛰는 가슴 소리는
구불구불 불규칙하다
어디선가 들려오는 고양이 울음소리에
침묵이 깊어가고
어둠의 살이 통통하게 오르는 적막 속에
쥐는 더욱 숨소릴 죽이고
고양이의 울음소리 커지는데
바람소리에도 쉽게 흔들리는 나는
창문을 굳게 닫는다

詩生活人

붉은 해와
비누와 수저와 그릇과 칫솔
옷과 신발과 길과 신호등이 보이는
아침엔 모두가 생활이고
생활이 시가 된다

연필을 들고
칼과 종이와 지우개와 휴지통
생각하고 쓰고 지우고 버리며 사는
하루를 쓸어 담은 시는
시가 생활이 된다

생활시인(生活詩人)이 좋은가
시생활인(詩生活人)이 좋은가

이래도 저래도 좋은
가난한 시인의 눈물 값으로
세상엔 마음 부자들이 웃으며 산다

죽변항에서

밑도 끝도 보이지 않는
저 바다에서
김 오르는 붉은 아침을 건져내는
아부지의 거울이 보인다
주름진 얼굴이 보이는 바다 거울과
푸른 눈물만 보이는 하늘 거울이
긴 수평선 밧줄이 되어
아부지의 길이 된다
파도 속에서
희망을 당기는 실한 그물은
어무이의 질긴 머리채
힘차게 당길수록
은빛 목숨들이 퍼덕이는 바다는
끝없는 부부 쌈질이다

염하강에서

강이 아닌 바다에 서서
바다가 아닌 강을 바라본다
강이 바다의 할아버지인지
바다가 강의 어미인지 알 수 없지만
이름은 강이라 하고
몸은 바다라고 한다
거북처럼 머리 처들고
초지대교로 돌아오는 만선의 배는
흰 갈매기가 호위하고
덕포진에서 불어오는 손돌바람은
강비늘을 세우는데
못난 삼식이를 대명리 주인이라 한들
누가 그를 탓하는가
호랑이가 입 벌린 모습이면 어떠하고
해마가 물밖으로 나오는 모양이면 무엇하리
문수산 아래
조강이 있어 바다가 있고
바다가 있어 염하강 꼬리가 있는
우린 대명천지에 한 배를 탄
노아의 외밧줄 목숨이다

새해 소망

새해에는 높은 산 하나 갖게 하소서
힘들 때마다 산엘 오르고
그 산에 고운 목청 가진 새 한 마리 키우며
늘 말없이 제자리 지키고 있는 산이게 하소서

새해에는 흐르는 강 하나 갖게 하소서
지칠 때마다 노을 강에 발을 씻고
그 강가에 앉아 눈부신 하늘 우러르며
늘 낮은 데로 흐르는 강이게 하소서

새해에는 뿌리 깊은 나무 하나 갖게 하소서
해 뜰 때마다 초록 잎 피우고
그 나무 아래 푸른 숲 그늘 만들며
늘 흔들려도 꺾이지 않는 나무이게 하소서

새해에는 빛나는 별 하나 갖게 하소서
눈물 흐를 때마다 별에게 길을 찾고
그 별에게서 길 잃은 나를 찾아
늘 은하의 중심 지나는 별이게 하소서

새해에는 조용한 무덤 하나 갖게 하소서
신열이 오를 때마다 무덤에 욕심을 묻고
그 무덤에다 마지막 이름 석 자까지 묻어
늘 내가 묻혀 우리가 보이는 공동 무덤이게 하소서

새해에는 큰 잔 하나 갖게 하소서
힘들 때마다 잔을 더 높이 들어
그 잔으로 도수 높은 사랑 서로 권하며
늘 기쁨으로 넘치는 잔의 주인이게 하소서

고래섬

향유고래 뱃속에
쇠사슬에 묶인 요나가 있다
쿤타킨테 얼굴에 하얀 이빨을 가진 그는
질긴 고래 심줄을 잡고 앉아
고래 눈을 통해
거꾸로 선 바오밥나무의
일몰을 기다린다
웃는지 우는지
아무도 모르는 컴컴한 수용소에서
천 근의 쇠사슬 이끌고도
갈매기 비상을 꿈꾸고 있다
고래가 사람을 삼켜도
사람이 사람을 제물로 바쳐
요나가 자유를 찾는
검은 모래 발자국이 남아 있어
아직 우리들의 하나님이 계신다
고래섬에 고래가 살고
사람의 섬에 어린왕자가 사는
고래섬의 밤하늘은 물먹은 별빛이다

비 오는 날

비 오는 날
하늘은 땅으로 비를 내리고
분수는 하늘로 비를 내리지만
난 내게로 마음의 비를 뿌린다

어디 젖지 않는 것이 있으랴
하늘도 땅도 다 젖지만
분수는 비에 젖지 않고
혼자 스스로를 적셔
빗물이 아닌 눈물을 만든다

어디 수직으로 내리지 않는 비가 있으랴
눈물은 부드러운 직선으로 내리고
분수는 반원의 포물선을 그리며
물방울 숲속 무지개 나무도 키우지만
난 빗물이 고이는
그리움의 요철만 만든다

이렇게 비 오는 날
하늘은 구름 우산을 쓰지만
난 마음의 우산도 없이 흠뻑 젖어
그리움 넘치는 큰 호수를 만든다

제4부

만리포

만리포 1

검은 섬 하나 홀로 떠 있었다
그리고
움직이는 섬 하나 저 멀리 보였다
그러다 갑자기
섬 두 개 일시에 사라지고 말았다

검은 석유로 짠
아라비안나이트 요를 깔고 앉아
기름내 나는 파도 호프 마시다 보니
어느새 입에서 소리없이 터지는
알라 알라리 이상한 방언들

안개로 숙성시킨 바다는
무지갯빛 포도주로 발효되고
그 술을 하늘 잔에 가득 채워도
권하는 이 아무도 없이
기름 먹은 벙어리 국토여

파도에 부서지지 않고
햇빛에도 검게 타지 않는
검은 바위섬을 향해
땀 젖은 흰 수건을 힘껏 던진다

몸 내음과 바다 내음이
알몸으로 씨름하는 모래판에
승자도 패자도 없이
구름 떼 같은 사람만 몰리는
만리포 경기장에
붉은 띠를 두른 해가
건강한 사나이로 뛴다

만리포 2

귀를 기울이면
목소리는 천 리
뱃고동은 만 리

냄새를 맡으면
뻘 내음은 천 리
섬 내음은 만 리

눈을 감으면
네 모습은 천 리
내 마음은 만 리

저기 바다 城에서
바람 채찍 휘두르며
파도 마차 타고 힘차게 달려오는
아침 갈매기 등은 붉고
그 길엔 깜짝 절벽이 없다

그리하여
목마른 자 바다에 서면
이내 마음의 천 길 절벽이 사라지고
바다 벌판을 홀로 지키는
용맹한 바위섬이 된다

오늘도 천 리 백사장에 서서
만리 그리움을 바라보며
가까운 파도는 보지 말고
먼 수평선만 바라보는
큰 눈의 바다로 사는 법을 배운다

만리포 3

그곳에 가면
뻘빛에 노을빛 섞어
비색의 오가피주 빛깔 빚어내는
신비한 여인이 산다

그녀 미소에는
이십오 도 넘는 도수가 있고
그녀 목소리는
밤 내 마셔도 아무 숙취가 없다

그녀 눈은
서정시 음보로 반짝이고
그녀가 지나간 자리에는
고니의 흰 발자국만 남는다

그녀가 부어준 오가피주 한 잔에는
불꽃 구름이 흐르는데
그 잔에 입술이 닿기만 해도
내 몸에 푸른 날개가 돋는다

불꽃 사랑 한 번도 못해 본
오십 세 이상의 남자는
혼자서 이 술을 마시면

부작용이 생길 수 있다는 적색 경고문이
불결치는 저녁 수평선 처마 밑에
선명하게 붙어 있다

만리포 4

그녀는 바다에 사는 깜장 개구리였다
양손에 비창과 호미를 들고
머리에 흰 물수건을 동여맨
돌격대원이었다
육탄 공격을 하면서
무수히 날아드는 푸른 비수를 맞고도
통통 몸을 불렸다
두 개의 하늘과 땅을 오가며
해와 달을 춤추게 하는
무녀였다
몸속에 우주선 숨주머니를 달고
경이의 근원을 찾는
우주인이었다
아, 바다가 집이요 파도가 꽃이며
물질이 삶질인 그녀에게
사랑이 무엇인지 묻는 나를 보고
하늘과 바다 모두를 맘대로
다 가져가라 하였다

만리포 5

긴 머리채 풀고
앉았다 일어서기 반복하고 있네
등허리 뒤에
사내의 꿈틀대는 근육질이 보이네
숨을 멈추고 다가서면
바람의 감미로운 입술 소리 들리네
알몸의 하늘 훔쳐본 죄로
청치마에 보쌈되어 해가 업혀가고 있네
바람이 손뼉 치며 갈매기를 쫓고
팽팽하게 수평선이 당겨지고 있네
깊이를 모르는 하늘과
높이를 모르는 바다가
서로 안개 이불 속을 꿈꾸는데
늙은 물새 발톱에 걸려
청치마가 찢어지는 그날이면
흔들리는 햇빛 아래
작은 배 한 척 혼자 숨가쁘고
나는 길도 없는 모래밭에 앉아
불곰 한 마리 안고 있네

만리포 6

막도 없는 연극에
관객으로 앉는다

섬은 배우가 되고
파도가 박수를 친다

대사는 잘 들리지 않아도
쉼없이 독백과 방백이다

움직이는 시간 한복판에
바위의 하얀 혀가 보인다

천 근의 침묵을 노래로 들으며
한없이 가슴만 뜨거워지는 무언극이다

절정에 이르는 그리움의 등대 아래
붉은 영혼 하나가 눈부시게 울고 있다

울음은 바다를 만들고
바다는 예술지상주의 무덤을 만든다

만리포 7

내가 몸서리칠 때
넌 비가 되어 눈물 흘리고
내가 마음 트림할 때
넌 바람이 되어 등을 두드려 주고

아플수록 더 깊어지는 바다에는
파도가 파도만 낳고
그리울수록 더 높아지는 하늘에는
구름이 구름만 낳아
이제 키 큰 파도와 비만의 구름뿐

줄 끊어진 연처럼
붉은 새 한 마리 어둠 속으로 떨어지는데
천둥의 하얀 뿌리 보이는 번개의 집에는
그리움만 쿵쿵 못을 박는 천지 진동 소리뿐
이제 누구의 이름 소리쳐 부르며
컴컴한 빗길 어디로 가야만 하나

더 깊어지고 더 높아져도
축이 기울어진 지구처럼
서로에게 조금씩 기울어져
더 낯설고 더 미소띤 얼굴 되어
다시 무수히 부서지고

또 생겨나는 네 얼굴 찾아
따뜻한 섬으로의 귀환을 꿈꾼다

만리포 8

몸에 잘 맞는
부드러운 모래 의자 하나
말없이 나를 받아들이는
그 넓이와 깊이에
천천히 겉옷을 벗는다
거친 길짐승에서
순한 물짐승이 되어가는 밀실
재갈도 없는 암말이
스스로 다리 꺾고 의자에 앉는다
쩡겅쩡겅 소리내며 뛰지 않아도
흰 갈기 흔들 때마다
해를 흔드는 황금 방울소리들
이제 속인의 몸에
향기로운 단술을 붓고
몸의 중심에 뜨거운 못을 박아
푸른 눈물 흘리는 의식을 맞는다
산의 시린 정수리보다
바다의 따뜻한 발등에 앉아
내 몸속의 작은 바다를 열어
목마른 세상에 사는
희망의 아가미 가진 물고기들로
펄펄 뛰는 기쁨을 채우고 싶다

만리포 9

떠나고 싶을 때
맘대로 떠날 수 있다는 건
행복한 일이다
시간의 바늘에 몸을 매고
수없이 원을 그리고 지우다가
때로는 파도처럼
고뇌의 긴 태엽을 하염없이 푸는 일
그것은 행복한 일이다
칫솔 하나 수건 한 장 갖고
홀로 바다를 찾는 일
거친 파도 위에 눈물섬을 만들고
설운 고동 울리며 가슴배로 다가가는 건
더 행복한 일이다
그러다 주저없이 알몸이 되어
손사래 치고 발버둥하다 지쳐
다시 제집으로 돌아갈 수 있다는 건
더욱 행복한 일이다
이보다 행복한 일은
언제나 바다가 제자리에 있어
내가 움직이는 섬으로 다가가는 일
그리고 떠나고 싶을 때
저녁 갈매기처럼 노을 속에서
어둠의 재가 되어 사라질 수 있다는 건
참으로 행복한 일이다

만리포 10

눈부신 백사장에
물비단 고르게 펴고
그 위에
샅바를 맨 벌거숭이 사내들이
안걸이와 동이배지기
번지기와 궁둥잡이질이다
쉬이 승부가 끝나지 않는
두꺼비 씨름판에
물 이파리 흔들며
난데없이 떼지어 달려오는
뱀 무리들의 파란 눈빛
죄 많은 자로 태어나
천 리 길 배로 기어 끝날에 이르렀으니
물밥 한 그릇 말아먹고
이제 원죄의 허물을 벗어라
고수레 한술 떼어 던지고
열두거리 굿판일랑 접어버려라
바다 할미 터줏상에
소금기 젖은 해 복채로 드리고
하루 내 잘 구운 이 몸
저녁노을에 살라 재물로 올리면
내일은 씨름도 귀신도 없는
고요한 물풍년 들겠네

만리포 11

바람이 불면
피아노 소리가 난다
하얀 건반을 두드리는
바람의 손에는
한 장의 악보도 없지만
피아노 소리에는
침묵의 악보가 있다
그대 마음은 높은음자리표
이분쉼표의 배가 떠가고
사분쉼표의 갈매기 날고
바람이 불면
푸른 영혼의 소리가 난다
한쪽 귀로는 피아노 소리
다른 귀로는 파도 소리에
하늘이 한 칸씩 흰 꽃잎으로 채워지고
나비도 찾지 않는
햇빛 뿌리가 보이는 모래 꽃밭에
두 개의 소리를 가진
내 영혼의 언어로 탄주하는
불혹(不惑)의 피아노가 보인다

만리포 12

주인도 없는 모래밭에
하루 두 개의 알을 낳는
청거북이
그 붉은 알이 보인다
아침에 낳으면
점점 작아지다 사라지고
저녁에 낳는 알은
점점 커지다 홀연히 사라지는
소리 없는 알이다
늘 둥지는 어둡고 추워
아직 눈을 뜰 수 없는데
알은 홀로 구르다
신음도 없이 시뻘건 출산이다
알을 낳는
저 푸른 닭의 알집은
바람마저 수정되지 않고 순결한데
알에는 언제나
사람의 짭조름한 피가 묻어 있다
아무리 깨끗한 파도 천으로 닦아도
잘 지워지지 않는 그리움의 알이
애비도 없이 부화되고 있다

제5부

슈베르트의 송어

슈베르트의 송어

송어를 숭어라 부르지 마라

쪽바리가 뭐라 하건
숭어가 키높이로 뛰건
바다가 없는 슈베르트 나라엔
숭어가 없다

한강에도 숭어가 없고
금강에도 상어가 없어
이제야 송어를 송어로 부르는
대한민국
아름다워라
물고기가 춤추는 디포렐레야

검은 눈물

검은 리본을 단다
전직 대통령이 돌아가셨다고
가슴에 근조라는 글씨를 단다
때때로 흰 천에 검은 글씨도 보인다
검거나 흰색들은 다 죽음인가?
검은 잉크와 흰 종이
이적지 그렇게 쓴 내 생각들은
이미 죽은 시체다
사람들이 우는 건
별밤의 끝을 슬퍼하는 게 아니라
이별의 아침을 두려워하는 것
내가 우는 건
섬에서 등대가 멀어지기 때문이 아니라
바위섬이 파도에 부서지는 것
이제 아픈 상처가 덧나기 전에
흰 종이에 검은 글씨로 무덤 하나 만들어
비문도 없는 캄캄한 주검 앞
홀로 하얀 손수건 위에다
검은 눈물로 단숨에 새벽 일기를 쓴다

청담동 비둘기

언제부턴가 청담동 비둘기가
술에 취해 있다는 걸 알았다
사람이 가까이 다가가도
겁내지 않고 사뭇 제자릴 맴돌고
혼자서 뭐라고 구구대는 소리와
붉은 눈알이 그것을 말해 주고 있다
술잔도 안주도 없는 노상을 노니는 그에게서
발렌타인 양주와
로바다야끼 안주 냄새가 나는 건
이미 신기한 일이 아니다
사람들이 알콜로 숙성한 먹이를 토해
비둘기에게 주므로
그가 사람의 말을 흉내내고
그가 사람처럼 취하는 건 지극히 정상이다
술 취한 평화가
아침을 쪼아 먹고 있을 때
술이 깬 전쟁의 혀는
뜨거운 해를 핥으며 다시 꼬부라지고
비둘기는 다시
제 새끼에게 술 냄새 나는 먹이를 먹인다

주식시장

팔자
팔자
팔자
외국인 팔자
외국인 팔자
외국인 팔자
노예시장도 아닌데
웬 사람 팔자

사자
사자
사자
내국인 사자
내국인 사자
내국인 사자
동물의 왕국도 아닌데
웬 사람 사자

3일간 곤두박질
3일간 수직 상승
참 이상한 팔자
참 수상한 사자

사람나무

상수리나무는
흉년이 들면
그해 열매를 많이 맺는다는데
은행나무는
따순 바람이 불면
그때 마주 보고 사랑한다는데
대나무는
선비가 책을 읽지 않으면
그밤 책장 넘기는 소릴 낸다는데
뿌리 뽑혀서도
한 백 년 사는 옹골진 사람나무는
화려한 꽃을 꿈꾸고
탄탄대로 지름길만 탐하며
그러다가 때론 물구나무 서서
거꾸로도 사는 참 요상한 나무다

타조 농장

타조의 날개는
그를 새로 부르게 하지만
타조는 아직
한 번도 하늘을 난 적이 없다

다리도 모가지도 너무 길어
더 이상 날지 못하는
기형의 새 한 마리

허나 날개 펼지고
힘차게 뛰는 타조는
새보다 빠른
눈부신 짐승으로 지상에 사는데

농장 주인은
비만의 모이만 주고
살점 타는
욕망의 숯불만 피운다

생각대로 쓰기

짜장면을 자장면이라 쓰고
짬뽕을 잠봉이라 부르지 않아도
중국집 메뉴판에는
여전히 짜장면과 짬뽕이다
외래어를 된소리 표기하지 마라 해도
짜장면은 자장면이 되지 못하고
쌀을 살로 읽는다고
누가 탓하랴
뿔[角]이 불이 되고
씨[實]가 시가 되어도
덕(德)이 떡이 되고
동(銅)이 똥이 되어도
생각은 말을 이기지 못해
생각대로 쓰고
생각대로 말하는 세상에서
짬뽕 국물에 빼갈 한잔 마신다

하회탈

뒤로 제치면
하하 웃음이 보이고
정면을 바라보면
껄껄 웃음소리 들리고
앞으로 숙이면
불끈 화난 얼굴

턱없이 살면서
얼굴은 있고 입은 없어
고개 숙이지 않고
웃는 얼굴로만 말하는
아무 탈 없는
탈불행의
최고 미남 아입니껴

제국주의

소의 눈에는
사람이 열 배로 커 보여
도끼뿔 가진 낫살 먹은 벽창우도
사람 앞엔 순순히 복종이다
그 덩치 큰 선하고 순한 소
고삐와 풍경 다 풀어놓고
힘대로 한판 싸움 붙여
우리 소 이겨라 손뼉 치는 한반도에서
소는 공기질하고
사람은 소처럼 흥분하는데
싸움에 진 소는
앙심없이 등을 돌려도
사람이 다시 싸움 붙이고 박수 치는
힘든 나라다

강설(降雪)

하늘도 죽음에 임할 때는
지상에서 죽는다
죽음으로써 순결을 지키는 날
그 무덤 앞에 흰 묘비가 서고
흰 새 떼들과 흰 꽃들이 지천인 나라
불을 꺼도 보이는
하얀 무덤 속에 앉아
소곤소곤 천국 여행을 즐기다 보면
아, 내가 죽은 것이냐
하늘이 죽은 것이냐
죽음 속에서 환생하는 하늘은
지상에 깨끗이 육의 옷을 버리고
다시 하얀 구름으로 승천하는데
하늘도 죽음에 임할 때는
지상에다 눈물의 강을 남긴다

공항에 가서

공항에 가서 서로 이름을 부르지 마라
너만의 손짓으로 부르고
너만의 눈짓으로 답하거라
비행기 뜨고 내리는 그곳에서
사람의 목소리는 잘 들리지 않는 것

혹여 등을 돌리고 말없이 떠난다 해도
이별처럼 흐느껴 울지는 마라
하늘을 나는 자의 둥지는
저 하늘엔 없어
그리운 얼굴로 다시 돌아와
서로 몸 닿는 뜨거운 시간이 오는 것

공항에선 사랑한다고 하지도 마라
비행기를 타고
저 푸른 하늘 이륙하기만 하면
눈높이 맞는 하나의 사랑이 되어
같은 고도의 꿈길을 함께 가는 것

허나 날개 없는 자들의 겁 없는 비상은
그저 예삿일이 아니다
하늘 중심에 그리움을 꽝꽝 못 박고
사랑의 푸른 이름 더 높이 걸어도
우리들의 욕심은 비행운처럼 보여지는 것

안개 같은 시간 속에서
우린 관제탑에 걸리는 오색 무지갯빛으로
삶의 잔주름 찬찬히 펴면서
너와 나 서로 아름다운 이름이 되는 것
그리고 이름 대신 서로 마음을 부르는 것

그대 두 사람이

그대 두 사람이
지상에서 가장 향기로운
한 송이 꽃을 피우고
그 꽃의 힘으로 새들이 노래하고
초록 세상 이 봄을 열었지요

그대 사랑이
지구별에서 가장 빛나는
눈부신 별자리 되고
그 별 사이로 은하의 강이 흐르고
사랑섬으로 가는 등대가 되었지요

둘이서 가는 길
바람은 두 팔 벌려 순풍이 되며
파도는 노를 젓는 실한 밧줄 되고
새로운 삶의 뱃고동 소리는
뚜우뚜우
행복 나라의 주인이라 말합니다

이제 두 사람에게
노고지리 차오르는 푸른 하늘과
유채꽃 물결 일렁이는 꽃밭 앞에서
이 봄의 향기로운 꽃말을 전합니다

두 사람 미래를 설계함에
서로 여명의 아침 해를 바라보듯 하고

두 사람 대하는 일에
서로 지란을 키우듯 대하고

두 사람 바라보는 일에
서로 조용한 촛불을 보듯 마주하고

두 사람 가는 길에
서로 한 우산 쓰듯 동행하고

두 사람 함께하는 일에
깊은 샘 두레박으로 물 긷듯 하고

두 사람 인생 가는 길에
서로 바위와 소나무처럼 굳게 하나로 서고

두 사람 가도 또 가도
서로 같은 길 영원히 필요한 동행이기를

이제 그대 두 사람이
지상에서 가장 아름다운
한오백년 사랑 꽃피우고
그 사랑의 힘으로 지구가 돌고
푸른 세상 큰 행복을 엽니다

너

같은 하늘을 바라보고 있어도
같은 별을 바라보고 있어도
서로 다른 높이와
서로 다른 거리임을

하늘은 저리 끝이 없고
별빛은 너무 먼 데서 오고 있어도
결국 같은 곳으로 가고
결국 하나가 되어가고 있음을

햇빛 한 줌 모아줄 잎이 없어도
달빛 한 줄기 잡아줄 가지가 없어도
겨울 가슴 키워 봄을 열고
어둔 마음 비워 아침을 열어가고 있음을

눈으로 다 볼 수 없는 꽃이 있어도
귀로 다 들을 수 없는 소리가 있어도
기실 향기로 알아볼 수 있고
기실 느낌으로 다가갈 수 있음을

나 떨어져 있어도 혼자가 아닌
너와 함께 있어도 둘이 아닌
끝내 만남도 되고
끝내 이별이 되고 있음을